责任编辑：徐华华　孙建军

装帧设计：孙建军　马万贞

江苏美术出版社

前　言

　　理解室外灯光运用的关键是了解使用室外灯光的目的。室外灯光不是新概念，也不会被狭隘的限制。现在的光源完全能够为灯光设计效果提供可能，因为我们的生活需要光，我们的夜生活越来越丰富，而且我们可以使用令人难以置信的工具来满足我们的需要。

　　建筑师的原则是包含居住者所需要的，把构想转化为产生舒适的居住环境；灯光设计师和工程师的原则是如何使这两样东西融合为一体。

　　设计灯光是实际需要而为的运作。灯光不是砖，不是瓦，不是一小团东西。突破灯光自身限制的秘密才刚刚开始，室内与室外灯光设计直接影响着我们的生活。随着人们生活质量的不断提高，对光环境的要求也越来越高，光环境设计的科学性、艺术性的实际应用、品位格调、制作要求亦越高，因此，我们必须充分认识和发挥光环境设计的效应，运用它的特质，使我们的生活更丰富、更多彩。冀望此书的出版能使读者了解世界目前最先进的光环境设计和运用手段及技法，促动国内光环境设计水平的提高和发展。

　　湖岸由 2 瓦的低压灯装饰，湖中的五个喷泉被两个低压的 PAR46 的灯光装置照亮。太空船似的建筑圆顶四周装上了充满氩气和水银蒸气的灯管，设计者选择这种灯管的原因是它能产生柔和的白色光线。建筑物四周的景致也被关注到了，低压的 PAR56 的灯光装置照亮了中等高的树丛和高大的棕榈树。

1
亮化建筑物应是"无日期的"无限地保持，这对现代都市的人们是一种美好的希望。

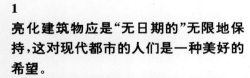

④

2
建筑物是靠体量和线条来传递"语言"
信息的，而夜晚的线条是用"光"来体现
的。

3
适当的在围绕主体建筑物旁的植物上
设计光照，会使环境更加生动。

4
每个喷水口都被低压的、可放入水中的
特种灯光装置照亮。

1
这种间接的"光"的设计，加强了建筑物
的空间感。
2
建筑物圆顶周围装上充满氮气和水银
体的发光灯管，形成光带。

密执安国会大厦的屋顶被 1000 瓦到 1500 瓦的水银泛光灯照亮，假如你偶而在夜晚漫步到这里，你的眼睛一定会被这辉煌的灯景所吸引。使用这套灯光设备，可以比使用旧的水银灯节约 33% 的能源。

②

光源与清晰的建筑物表平面相符，而且这种金属卤化物炽热系统比以往的水银系统省 33% 的能源。

建筑物表面以及圆屋顶华丽的装饰细节，在射灯光照下得到充分的显示。

通过玻璃幕墙创造了一个十分美丽的室外夜景。100 瓦的金属卤化物灯装置照亮了室外。

1、2
这是两座具有强烈空间穿透感的现代
建筑，金属卤化物灯光的设置，加强了
建筑物的表现力。

①

①

②

③

1
部分外面的景象来自室内的氖灯和金属卤化物灯光装置。

2
用氖灯去增强鲜明色彩的室内家具陈设效果。

3
覆盖整个大楼的金属卤化物灯光，使古铜色的玻璃幕墙闪闪发光。

　　喷泉池深 34 英尺,从前到后 16.75 英尺,安装了新型喷咀和快速水泵。新型的 1000 瓦 PAR64 灯,共有 139 个被浸置池中,一个电子计算机电子控制板被安装在水底用来控制这些灯具。普罗米修斯把火带到人间的希腊雕塑前,水帘升起,苍白与黄色的光挡住了雕塑,然后迅疾地转成红色,雕塑又重新显现在人们的面前。

①

②

　　这座有 78 年历史的集散大楼,利用金属卤化物灯和高压钠灯的相互结合。在夜晚,建筑上的丰富雕刻细节被灯光照得十分清晰。1000 瓦的高压钠灯作为主要设备,创造出一种柔和的黄色的犹如太阳光似的效果。1000 瓦的金属卤化物灯装置增添了阴影和深度,吸引着众多过路的车和行人。

高压钠灯营造了一种柔和的太阳光似的效果,
金属卤化物灯装置为深度和阴影提供了感觉。

　　Jefferson 公园,位于哥伦比亚历史区,包括 20 世纪早期美国作家 James Thurber 的住房。在房屋前面,公园的北面,是一座青铜色雕塑"公园的独角兽"。

　　Steven Elbert 给公园设计一种奇想,增加了多倍的 faceted 灯光系统,尽可能使用 gazebo 至黑暗中。

1
18 个气体灯光装置被装饰。
荧光装置发出的白光柔和地洒在屋顶
的白色底部。

①

1
指挥台上放置着紧凑的荧光灯。

2
照亮道路的气体灯装置增强了公园的
历史特征。

3
尖顶的灯是水银灯装置，
下面是安放在屋顶中间的金属卤化物灯
装置。

②

④

常有铁围及防破坏的荧光装置附在八
边形屋顶的一周。

两条螺旋的尖顶酷似公园古铜色独角
鼻雕塑的螺旋状喇叭。

⑤

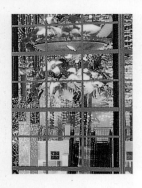

　　照亮建筑物圆柱的许多光线，来源于石英灯光装置，它们被设计成双层玻璃顶，以防孩子们在公共场所不会因碰它而灼伤，双层玻璃可以防止玻璃变得太热。水里的喷泉被 1000 瓦的石英灯装置照亮。设计者希望营造出一种闲瑕的自然环境的感觉。

双层玻璃罩顶装置防止好奇的孩子们
灼伤他们的手。
大多数的灯光伴随着燃烧的物质。

在欧洲、日本,室外激光、投影灯光、声音显示都作为市政文化、庆祝、宗教盛会的表现而越来越流行。这里收集了灯光设计师 Motoko bshll 设计的激光显示,好像在黑暗宇宙中使用灯光照在帆布上的一幅画。

1
闪烁在雨中的激光束。
2
在云中的激光投影。
3
被照亮的寺庙。
4
被照亮的大门。
5
激光和射灯混合的投射效果。

①

②

③

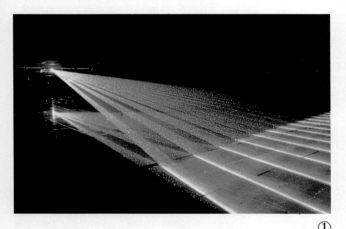

①

②

1、2
激光艺术投射。

3
活泼的激光图案。

4
反射在沙滩和树上的纸卷。

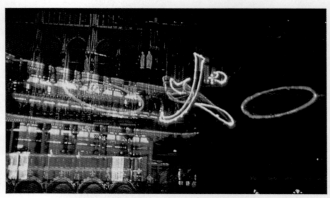

③

④

　　圣路易斯联合车站有 60,000 平方英尺面积,两个办公大楼、一家饭店、一家影剧院围绕在公共广场的四周。设计者选用 1000 瓦的高压钠灯照亮烟囱,产生一种柔和的金黄色的色彩。使用计算机技术,灯具安置在高烟囱有 8 英尺距离的地方,由三角形的铁制托架支撑着。电影院的灯光是从建筑顶端的荧光灯中发出的,影院前的公共广场,使用的是 150 瓦 A21 的白炽灯光装置。烟囱和影院的灯光设计都获得了世界灯光设计奖。

④

4　　　　　　　　　　　　　　　　　　　　　　　　　　　　⑤
这些新的建筑群阐述了本地工业繁杂
的地点原是废弃的铁路的调车厂。
5
高压钠的黄色光辉补足烟囱和毗连的
砖建筑的泥土色调。

　　最初的建筑构思是用白色的金属镶板装饰巨大的圆柱间的正面。灯光设计师斯蒂文与其它设计者们讨论了室外的构思,决定以半透明的曹列克斯玻璃代替金属镶板。曹列克斯玻璃可以使人们的注意力从建筑物的正面移到发亮的广告板上,且光线反射到广场上,使顾客同样感到安全和舒适。镶板的后面是金属卤化物的顶灯和底灯,光线投射到镶板和人行道上。每个圆柱顶部的灯光装置用来照亮圆柱及入口前面的人行道。

1、
建筑在白天和晚上所显示感觉完全
不同的外观效果。

2
从电影院的玻璃正面看照亮的大厅,吸引常去电影院的人到这个在公路边的不寻常的地方。

菲利浦公司捐赠的 150 瓦 PAR 泛光灯被涂成红、蓝、琥珀和白色。联合信号公司也赠送了 192 个旋转式柱形灯。120 个铝制的像图腾一样的雕塑由印第安那州的艺术家们制作完成。每个雕塑有 10 盏灯照明，每一盏上镶有一个蓝色透镜。所有这些照明由大楼 120 伏电力系统提供电力。艺术家们在试验了不同光源和技术的视觉效果以后，在白炽灯以外又增添了旋转柱式灯。

1
'89 的第四个夜晚的灯景和被称作 '89 灯光舞蹈的湖前探照灯芭蕾表演合在一起。

2
'89 灯光雕塑的基础灯景是超过 7000 个窗户的设计物。

3
'89 灯光舞蹈中的道道光线穿过夜晚的黑暗反衬着邻近湖的黑暗。

1
每扇窗户上的彩色纸使光漫射。

②

①

③

5
艺术家根据模型和计算机图示实验建
造了这座巨大的光线雕塑。
6
为灯光舞蹈所做的"手稿"非常像交响
乐队的乐谱。
7
灯景从黄昏持续到凌晨两点,每四个晚
上一次。
'89 的灯光舞蹈有如灯光芭蕾,
使用的是二次世界大战时的弧光探照
灯。

⑥

⑤

⑦

世界光廊的灯光和声响系统包括数个巨大的视屏。人们从不同的角度都可以欣赏到屏幕上映放出的世界各地的夜景。

不同位置的灯光随着音乐闪烁变化，这是世界上第一个完整的灯与环境相得益彰的工程。

应用特制的三色灯（红、绿、蓝）滤光器，体操馆、棒球场和其余主要的体育场馆里可以打出 120 种不同的灯光。

另外，在主门附近的田径场上安装了世界上最大的激光系统。从这儿发射出的红、蓝、绿三角光在 Gifu 纪念中心的上空起舞。这些系统由一个主控计算机和卫星计算机自动控制。

①

③

1
人行道一层作为主要的取景点。
2
自由变化的灯光为表演增加了活力。
3
每个区域包括一台计算机、两台大型放映机及声控设备。

灯光扩展了戏剧效果至雕像上,代替了仅注意雕像本身。

①

这里的灯光是有效的,
因为它增强了雕塑的效果而不是灯光
本身。

④

3
隐藏在内的垂直的荧光灯装置照亮了
入口处的正面，把人们的视线从建筑的
其它地方移到这里。

4
计算机显示用什么样的灯光才能使建
筑看起来像是在晚上。

……以引视……建筑物的外表成直角而的对光表直，以光线不从外面……在玻璃上创造一种不规则的使人感兴趣的图案。

图中玻璃不是直接被照亮，装置被放在彩色玻璃墙的后面和四周。

①

太阳剧院装饰了形如太阳光线的 500 英尺长的房灯,空的门廊被点射光照亮。

①

1
太阳剧院的前面被装饰上形如太阳光线的 500 英尺长的氖气灯。

2
剧院的前面被一排 250 瓦的卤素灯照亮。

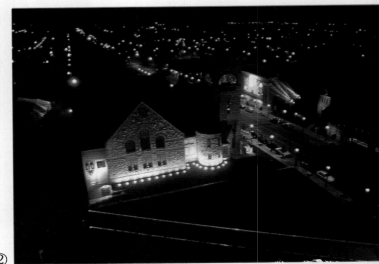

②

2
隐藏在树里的灯光设备，在邻近的公园空间的地面上洒下点点图案。

3
塔的正面被带有石英的灯光照亮。

③

　　建筑物的底部刻意隐处在阴影中，创造出整幢楼宅浮在空中的虚幻错觉。光照设计者精心地将转换时空的感觉结合在工作中。晚上 8 点开始，1800 瓦的金属卤化物灯和节能氖灯每隔 1 小时的交替开亮；每组固定设备安放在 1500 平方米建筑物的南北两侧，每组包括 4 个 1800 瓦的金属卤化物灯和 7 个 1000 瓦的氖灯以及两个彩色滤光灯。顶上的彩色泛光色通过滤光灯变化产生似有季节性的变化，春天、夏天是淡蓝色，秋天、冬天是珊瑚色。这个设计获得 1991 年度国际照明设计奖。

①

1
晚上 11 点到午夜是灯光变化的时间。
2
金属卤化物灯装置等有效地展现出大楼内所贮的能量。

②

　　设计师们选择光和影的相互交织效果来照亮建筑物的正面和屋顶,用以强调窗条和石头装饰物。一束窄的 400 瓦和 1000 瓦的金属卤化物灯被安放在第五层上,垂直照亮每个窗条;较小的装置安放在窗台上,增亮第二到第四层的窗条。在入口处,设计者建造了一个由铜和半透明玻璃构成的建筑物,辅以光照以配合建筑的艺术风格。4 个 175 瓦的金属卤化物灯从 45 英尺高的灯箱中照出。灯和放在灯箱下面的附属物使维修变得十分方面。这套设备配有滤色器以供节假日和特殊的日子使用。街景中增加了新的特色,包括旗杆、树、植物以及路边的花岗岩地砖。装饰建筑的是铜烛台,每个装有 250 瓦的白炽灯泡,只开亮一半瓦数以延长灯泡寿命;铜的电话亭装有 2 个 7 瓦的袖珍荧光灯,光线通过亭子顶部的玻璃照在电话上,恰意的私语情节、温馨雅致。

①

1
增加的装饰灯光设置比白天更加突出了大楼的外表。
2
新的英国电话大楼作为令人喜爱的背景位于邮局广场公园的后面。

①

②

③

④

⑤

1
这种类型的灯台增补了大楼的建筑特色。

2
街景和建筑联系在一起,包括铜制的电话亭。

3
装饰灯为整修过的大楼创造了夜晚的形象。

4
灯台是由铜和半透明的玻璃制作而成的。

5
每个铜制灯台都是 250 瓦的白炽灯,显出的亮光却暗淡了一半。

6
金属卤化物灯装置照亮了大楼的半透明镶板。

⑥

灯光设计师 Patty Yorks 设计的 Minnesota 产生了极其强烈的戏剧效果，使停车场、院落建筑物的正面等融合为一体。

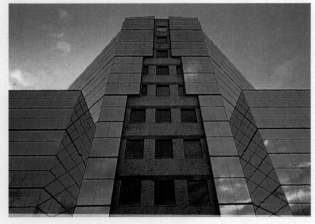

2
建筑的正面被高压钠灯装置照亮。
3
中心的突起被充满粉色滤光器的高压钠灯装置照亮。
4
柱式的路灯放置在大楼外面以保护结构的流线型审美观。

　　安放在柱子后面的一些灯光装置创造一种深邃的感觉。在建筑的前面,有顶盖的通道上面和前面的小柱子被 PAR30 的灯光装置照亮,大的柱子被 90 瓦的 PAR38 的灯光装置照亮;建筑的后面,使用的是 PAR30 和可调节的 MR16 灯光装置。为了保证完整的设计,单独的电路和时间联系在一起,当需要的时候即可接通电路。

1
成图案的光线通过玻璃从 100 瓦的灯中产生。

2
上层的较小柱子和在有顶盖通道的前面用的是 PAR30 的灯光装置。

3
从下向上照的灯光装置把光线洒在下层柱顶上。

4
旧时赛马会俱乐部被安置在这座私人巨宅中。

5
通过灯光和阴影的相互作用创造出戏剧性效果。

6
在柱子后面放置的一些装置创造一种深度和立体的感觉。

①

②

③

④

⑤

⑥

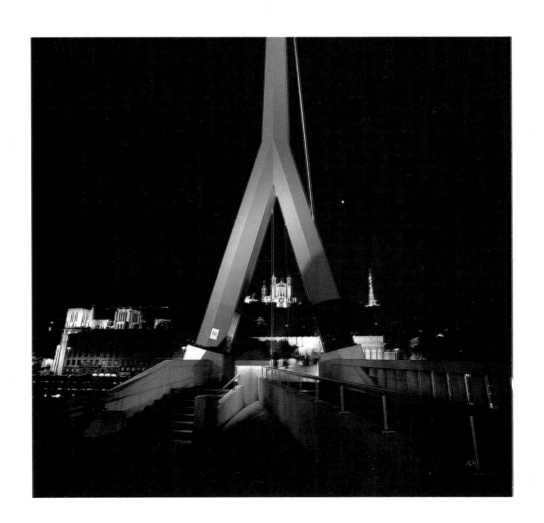

　　为了庆祝巴拿马运河的完工以及旧金山大地震后的重建,这座艺术宫殿被设计并于1915年建造。这座宫殿外观是赤陶色,高130英尺,在19世纪60年代末被亮化。60个1000瓦的白炽灯点亮了这座宫殿。整个宫殿从黄昏到晚上11:30被点亮着。所有的石荧和白炽灯泡降低1.5%的亮度以延长灯泡的寿命。
①

1
荧光灯安放在有过滤器的狭窄位置上,同用于其它地方的高压钠灯相协调。
2
照亮柱廊和圆形建筑物的是150瓦和250瓦精美的高压钠灯。
3
雕塑的镶板和圆形的拱门被荧光灯照亮。

④

⑦

4
低侧面、自由闪亮的装置除去了旁边其它光的干扰。

5
圆形建筑物里焦点放在雕塑上的灯光来源于 **PAR56** 装置。

6
高的位置上隐藏了所有的灯光装置，以至于在白天不会妨碍欣赏建筑物。

⑤

这个美术宫殿有 130 英尺高，柱廊有 70 英尺高。

⑥

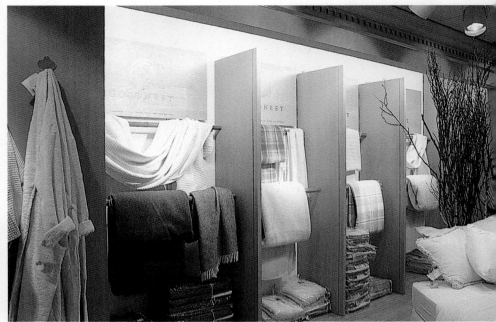

QUALITY

QUALITY

Ahead of Fashion: Hats of the 20th Century
Philadelphia Museum of Art
August 21st through November 27th

The Shoe Salon on 4

A-6b

责任编辑

徐华华　孙建军

编　　者

孙　青　孙晋云

装帧设计

孙建军　马万贞

翻　　译

蒋　璟